歌集

ふりかえる時間たち

中窪利周
NAKAKUBO Toshichika

文芸社

目次

二〇〇〇年まで

一九八七・九

想い出を重ねるほどに想い出は心を巡り時を流れる

どちらでもいいよと口では言いながらひそかに男を願う本心

窓越しに初孫の顔見る両親の横顔に似て我子ただ泣く

子の病いかがですかと尋ねられ平気装う心悲しき

一九八八・三
孫の子を見て安心し祖父は逝く六月の我子ただ笑うだけ

一九八八・九
祖父が逝きし春想うほど時は過ぎ六月の我子は誕生を過ぐ

一九八八・一〇
病室の窓より外を眺めれば近くに在りて遠き我家か

一九八八・一二
誕生を過ぎて初めて雪に触れその冷たさにアチチと言う子

夕暮れて積もりし雪のその上に歩みし小さき靴跡の咲く

一九九一・一

新潟の友より届く雪中梅正月二日は酒の元日

一九九一・二

純孝の歌を求めて余部の鉄橋を越え山陰へ旅《ゆ》く

春を待つ三月一日朝ぼらけ吐く息よりも白い雪降る

一九九一・三

カサカサと傘に重なる雪の音明朝を想いて帰り路急ぐ

一九九一・六

この旅は我が心へと続く旅忘れた夢を想い出す旅

独り夜窓より外を眺めては明日を想いて雨の音聴く

一九九一・七

黒い日（平日）が五回続いて青い日（土曜日）が
そして楽しき赤い日（日曜日）が来る

今年こそと思えど増えてゆくばかり語学講座の四月テキスト

アサガオが二つ咲いたと起こされて寝ぼけ眼が朝の顔して

一九九一・八

明日はどの花が咲くのとアサガオのツボミを指して祖父に問う孫

観終わって劇場出れば外は雨涙も隠す「おもひでぽろぽろ」

昨年の夏の花火がそのままに残されている祖母《ばあ》ちゃんの家

ひとときを田舎で過ごした我家には九州生まれのカブトムシ居り

八月になれば秋はすぐそこに雨上がりの夜スイッチョン鳴く

一九九一・九

吾のこと好き噂する者もなき他人《ひと》は他人《ひと》なり吾は吾なり

桜井の別れ懐かし祖母の声思い出しては青葉茂れる

時期不明

何もせぬままに月日は流れ去り痩せ細りたる日捲りを見る

亡き人の言葉ばかりを思い出す小糠雨降る弔いの夜

病室を訪ねし時の友の顔笑みのなかにも哀しみが在り

もう無いと思っていた様な想い出が押入れ掃除の中から出てくる

「えい！」と立ちそのまま動けぬ一歳の娘の歩み今日か明日か

E．T．の歩みに似たり一歳の娘の歩みカチコチヨタヨタ

陽だまりの中で一日一歳の娘と遊ぶ日曜も佳し

月見草富士を眺めるこの場所は太宰を求めた御坂の峠

秋日和太宰の富士を御坂より眺めて想う富嶽百景

死に場所を求め彷徨う落人の如き思いをした事もあり

このほうが俺はいいよと一升瓶抱えて冷で酒を飲む人

吾よりも佳き歌を詠む女《ひと》が居りその才能に嫉妬している

熱を出し我子が寝込むその夜に父は独りで遊び呆ける

日本経済新聞読む君の隣で僕はジャンプを読んでる

今日もまた雨が降ってる甲子園君の涙を隠すかのよう

これまでと違う世界が見えてくる蛍光灯を換えた日の夜

この夢をこの夢こそはと願いつつ年をとりゆく吾を感じる

掌に蛍を包み君を見る頬に灯りて横顔綺麗

給水で転びおまけに靴も脱げ「それが運です」と笑うランナー

集団を急に離れし先輩のことを気遣い振り向くランナー

バルセロナオリンピックのマラソンを観終わり無性に感動しており

山頭火を吾に教えし君に会うために四国を遍路しており

パーキングランプの灯に集い来るホタルの性に吾を見ている

来るはずのない人からの手紙待ちもらった人の返事書けない

靴の跡踏みしめ子等は学校へ雪より白き息を吐き行く

懐かしき人より届く賀状見てその文字の中吾を見ている

老いてゆくことの怖さと哀しみにまして吾には青春が在り

可笑しくも哀しい人ばかり生きている「夢千代日記」を観ている

藤蔓でターザンごっこをした山は今は剥かれてゴルフ場になる

点滴の細きチューブに繋がれし子は気にもせず玩具で遊ぶ

病室は昼も夜中も無いままに日付の違う同じ日を生く

付き添いのベッドで眠る夜を居て延べたるままの布団を想う

母は子の喘息日記を書いておりり父は語らず新聞を読む

湖の漣《さざなみ》に揺れる逆さ富士北斎の絵に出合ったような

御坂より富士を眺めて独り言太宰も井伏も今は亡き人

四二・一九五キロメートル走り終われば遍路に似たり

吾よりも後に入院したる君先に退院するを見送る

点滴の落つるを眺め点滴の終わるを待ちて一日を過ごす

長男の喘息日記を書く妻を横目に推理小説を読む

真夜中に咳き込む我子なすすべも無く父親は寝たふりをする

我子よりも重き病の子が居りて慰めている小児病棟

環境の良き処に住む我子なれど何故喘息の治りたらずや

あまりにも早き訃報に接しおり同級生が通夜に集いて

二〇〇二年

一月

一本のタスキを継《つな》ぐ若者が感動くれる箱根駅伝

今君は古里に居り旧友と数年振りの正月を過ごす

六日間休んで今日から平常の勤務スタート激動の年

旅先の温泉地から君からの少し遅めの賀状が届く

戦する国のニュースの裏側でバカタレントが騒ぐ日本

「長崎ぶらぶら節」を観てるうち涙が出てくる吉永小百合

この雨が雪に変わって明日の朝白い世界が吾を待ってる

成人の日に新成人見るにつけ将来託す不安抱える

あの日からもう七年になることを忘れさせてる防災グッズ

現実に起こった事を知りながら遠い昔の神戸震災

（阪神・淡路大震災）

手紙より受信メールを気にしてる吾も時代に流されているか

また酒を呑んでしまった二日酔なりゆきまかせの月曜の朝

雨が雪にしだいに変わって帰り道我家は今頃雪積もる夜

まだ雪が解けずに残る若草山山焼き跡に白き模様で

スキーバス娘ははしゃぎ乗り込んで手を振ることもなく長野に向かう

二月

節分の朝は冷たく雪が降り少年の頃思い出してる

クエスチョンマークのような北斗七星が東の空にある冬

十九年走り続けた宇治川を目標にして明日も走るぞ

一年に一度出会える人が居る宇治川マラソン君も二十七

三月

中国の大地に立ちて吾は今初めて異国の風に触れてる

ウルムチという中国の西端の都市に居る吾時差を体験

ウイグルの人が食する昼食を初めて食べる世界は広い

空からの眺めは広く山脈を砂漠を見おろす中国大陸

北京にて庶民の食する朝食を食べて文化の違いを感じる

四月

子供等はそれぞれ自分の意思を持ち別行動で過ごす日曜

中国で出会いし人と奈良で会う海を渡りて黄砂のように

五月

一年の三分の一が終わってもやりたい事は何も出来てない

世間ではゴールデンウイークという時間今日現在で予定は白紙

あと何年家族と田植えを出来るかと思ってしまう一年一度

四本の緑の平行線が吾の後に出来る田植え楽しき

一年に一度乗りたる田植機に感謝しており片付けながら

結局は何処へも出かけずこの連休自分の時間をもてた仕合せ

田植え済み明日の天気を心配し水見る田からカエルの啼声

少しずつ大人にかわる時期が来て童女のままであれと希って

中学の修学旅行思い出す子供が修学旅行出かける朝に

懐かしい時代の詩を小椋佳その人の声で聴いている夜

六月

サッカーのワールドカップに盛り上がる輩を横目に吾は黙々

衣更え制服の時懐かしく子供の登校姿を見ている

梅雨寒の朝に仕舞った長袖を思わず出して着たくなるほど

半袖を着るか長袖探そうか迷いたくなる梅雨寒の朝

もう今日で今年も半分過ぎて去《い》き元日の夢何も出来ずに

七月

一年に一度必ず今日が来る今は来てほしくない誕生日

八月

懐かしい人の顔には老いが見え吾も同じに見られる哀しさ

一年の深さを感じ一年の浅きを思うやぶいりの夏

一年に一度見る顔変わりなく語りて子供の成長を見る

九月

あの日から一年経って世の中は忘れてしまう事件にさせる

アフガンを攻めて一年ただしかし何処に居るのかウサマ・ビンラディン

映像を見ているようなあのシーン世界が思い出す瞬間に

十月

宵宮に集いし村の人々に明日はどうかと問いたくなる時

秋晴れの朝吾は今来週の運動会の天気を思う

体育の日それは十月十日です東京五輪を思い出す時

村人がこぞって競いし運動会年に一度の田舎の祭

もう冬が来たような朝冬服を探してしまう出勤前に

十一月

もうコタツ出しているこの冬は早く来るかもしれないと思う

若草山朝日に光る降霜の飛火野に集う鹿も見ている

霜の朝吐く息の白くもう冬がそこまで来てると襟を合わせる

十二月

朝霜の降りた飛火野鹿の群吐く息白く一日の始まり

旅仕度何も出来ない明後日中国へ行くなんて本当

雪のトルファンを旅した想い出は忘れることのない宝物

雪の降る西安空港降り立てば日本の雪に雰囲気の似て
一週間前はトルファン交河故城旅したことが信じられない
先週の今夜はウルムチ雪の中遥か離れた異国に居りて
紅白の中島みゆきは黒部ダム「地上の星」の舞台から歌う

二〇〇三年

一月

今年こそ自分の夢を追いたいと願う氏神様に詣でて

筆跡で誰だかわかった年賀状今年は二人わからなくなる

箱根駅伝は青春ドラマにてタスキが継ぐ汗と涙と

三月

受験校へ子供を送り頑張れとそれしか言えない高校受験

せめて今日くらいは父親らしくして息子を見送る高校受験

三十年前に卒業した我が母校子供の卒業式に来ている

覚えてるつもりの校歌が出てこない卒業式に歌って以来だ

合格の通知がケータイ留守電にあることを願い会議を終わる

子の高校合格通知は何よりのプレゼントになる父親孝行

四月

イラクでは戦争をしてる今日の日に馬鹿笑いする平和な日本

明日は鉄腕アトムが誕《う》まれた日手塚さんには見てほしかった

今日の日は鉄腕アトムの誕生日手塚治虫と迎えたかった

五十年前に手塚は今日の日をどう思ったかイラク戦争

桜散る花吹雪の日中学へ自転車で行く娘の入学式

六月

衣替えもう夏が来るカレンダー少しズレてる世間は真夏

もう蛍舞う夏が来て一年の早さを感じ家路を急ぐ

まるでクリスマスツリーのように光る蛍は求愛に命を懸ける

蛍狩り子供の頃にネギの穂をカゴにしたこと懐かし想い出

七月

雨の音止んでカエルの啼声が広がる夜に読書している

つかの間の晴れ間のうちに外に出て陽を浴びている明日夏休み

まだ梅雨が明けずに大雨降り続く太陽を見ることの少なき

今日無事でいられる事の幸せを天災ニュース見て感じてる

昨年の今日とそんなに変わらない一年老いた自分が居るだけ

八月

一年に一度訪ねる父母が二人で暮らす九州の家

Uターンラッシュの中と知りながら帰るしかないお盆の休み

親は子を毎日見るから気付かない祖父母は年に一度見て気付く

十月

体育の日やっぱり十月十日です東京五輪に夢見た世代

宵宮に集いし者は老いし者若き世代は都会で暮らす

秋祭り一年一度の行事でも子供の居ない寂しい祭り

雷と激しい雨に目が覚めて秋のこの日に秋の椿事が

十二月

昨年の今日この時間何処に居て何をしてたか気になる年齢

出来るなら一年時計を戻したいそして一年また戻したい

積み残したる事ばかり年末に後悔しても時計は止まらず

書くことの出来ない想いどうしても残しておきたい生きた証に

昨年の今日は異国の空を見て違う自分が生きていたのに
あまりにも早く過ぎ行く一年が惜しいと思う自分が悔しい
一年を振り返る今自分への反省ばかりがのしかかってくる
昨年のクリスマスには中国に居た自分さえ忘れている今
世間では御用納というけれど何も終わらず始まるばかり

冬休みという時代のあったこと懐かしくあり五十を前に

一年に一度の文通年賀状去年の賀状の返事書いてる

この一年何も出来ずに去ってゆく弱い自分を恨むしかない

紅白も年中行事祭とし見てしまう吾老いは感じず

一年をリセット出来る大晦日毎年同じ事繰り返して

二〇〇四年

一月

雪のない暖かな元旦を迎えこの一年がこうであればと

懐かしい友より届く賀状見て五十に近づく吾を感じる

去年とは違うドラマに感動しテレビの前で箱根駅伝

酒テレビ運動不足の寝正月これでいいのかこれでいいのだ

飛び込んだ中継所には君はなくタスキ途絶えた来年こそは

懸命に走る君にはすぐ先の繰上げスタート知ることもなく

もう終わり年末年始の冬休み明日から始まる正常な日々

三が日何事もなく流れ去り今年も同じ平凡な年

今年こそ今年こそはと思ってるそんな自分を何年してるか

届かない賀状の主の消息を誰に尋ねていいかわからず
いつか来る日があることはわかってる友人父の通夜に参りて
呑む酒の量に比例し苦しみが消えればいいけど酔っ払うだけ
好きな歌聴くこともなく日々は過ぎ自分の時間をただ追い求め
二十年前の写真を見つけ出し嬉しさ半分淋しさ半分

いい人がみつかったので結婚をこの春しますと賀状のすみに

週末の小さな楽しみ一杯のビールと冷の日本酒を呑む

懐かしいシルクロードの番組を我家のコタツで観ている今年

またバカな成人式をやっているそう思う吾もバカのひとりか

懐かしいトンド《（どんど焼き）》のモチを食べておりもう忘れてる祖母との雪道

大荒れの成人式の記事を読む吾の時代は遠い昔か

積雪の路をこれから何回も走ることになる冬本番

ひとむかし前は成人の日といった今日十五日ただ過ぎてゆく

東京の夜に独りで酒を呑むトーンの違う会話を耳にし

あの日からもう九年も経っている忘れていけない阪神大震災
（阪神・淡路大震災）

我子らが大学入試の時代にもあるのだろうかセンター試験

凍てついた道路を走る自転車の通学懐かし思い出す朝

今吾に必要なものはただひとつ自分の時間と睡眠時間

テレビではイラク南部の都市サマワ先遣隊の到着映す

子供との会話を楽しむ親になりたいと思っていたんだけどな

考えてみれば自分も父親と話したことなどなかったものね

昨年は高校入試の親として過した一月一年早い

確実に家族は皆んな老いてゆき子供の成長見るたび思う

吾も親も変わらぬままに数年を生きたい子供が追いつくまでは

懐かしい想い出ばかりあやめ池遊園地閉鎖の哀しいニュース

遠足といえば近鉄あやめ池遊園地という時代があった

ＮＨＫ大河ドラマとあやめ池菊人形展楽しみな秋《とき》

二月

もう今日で一月が去る確実に今年も残りあと十一ヶ月

ひとつきが終わって今年も昨年と変わらぬ年になる気配する

何もかも忘れて旅に出てみたい山陰の海見たい心境

マラソンをテレビで観ている自分にもマラソン走った時代があった

懐かしい友が訪ねてくれた夜酒の肴は想い出話

酔っ払いたいけど今夜も先に酔う奴の面倒みている自分

報われることの期待は何もないそんな仕事をする莫迦もいる

さっきまで見ていた夢がどうしても思い出せない目覚ましを止め

流されてしまう自分を識りながら無駄な仕事に手をつけ始め

三月

あのドリフのいかりやさんが亡くなった四十年を最前線で
老いてこそその人の味好きになる小学生の頃と違って
あの頃の貴方の年齢《とし》になっているそれだけ貴方は偉大だったよ
子供等が同じテレビを観て笑うドリフはやっぱり時代を超えてる

すぐそこに自分の身分が変わる日が来ている国立大学法人化

自棄酒も呑む時間なし毎日を苦しみ悶えて明日も見えず

久米宏の顔の変化と同じほど自分も老いているのだろうか

太陽にほえろ！　の長さん逝くニュース下川辰平渋かったな

咳止まずしつこい風邪に休日も苦しいだけの一日となる

新しいメンバーが来る新年度引継事項は海山の如し

四月

二十七年間勤めた公務員今日から国立大学法人

非公務員となっても変わらない残業続く自由のない日々

またひとり夢中になった人が逝く「鉄人28号」が逝く

子供等が『三国志』読む今日の日に横山光輝死亡のニュース

五月

田植え済みもう秋のこと思ってる思って勝てない自然の力

七月

我村も投票率が落ちてきたこれも都会になった証拠か

はっきりと何が一番大切な事か今ならよくわかるのに

あと何回今日という日が来るのやら何度でも来い我誕生日

迷走の台風の傷残りたる道を家へと車走らす

八月

被害無き事を願いて窓の外風に流れる稲穂見ている

先週は連日連夜熱帯夜スイッチョン啼く台風一過

やけに赤トンボの群れが気にかかる今年は秋が早いかもしれない

台風の過ぎて被災の無き事を何よりも幸と思う毎日

甲子園球児は今年もグラウンドで筋書きのない熱きドラマを

盆という世間の流れに逆らって仕事の山に流されている

広島と長崎のこと知りもせず知ろうとしない世代の時代か

この夏は高校野球とアテネ五輪睡眠不足も苦にはならない

谷亮子野村忠宏金メダル好スタートのアテネ五輪

体操の男子団体金メダル体操日本復活うれしい

百、二百北島康介金メダル水泳ニッポン女子もガンバレ
四年前高橋尚子が金メダル今年は野口みずきが優勝
また台風上陸の可能性あり先週去ってほっとしてたのに
金メダル十六個獲りアテネ五輪次の北京はこれ以上を望む
寝不足を承知で男子マラソンをゴールまで観る仕事忘れて

台風と共に八月去って行きオリンピックももう過去のこと

九月

一年は本当に早いもう彼岸集いし人も吾も老いていく

何回か藤井寺を楽しんだ近鉄球団今年限りで

殺人という文字がまた新聞に昨日と違う事件にショック

プロ野球スト回避され週末はにわかファンも球場へ行く

また台風発生したと天気予報また日本へ上陸するのか
台風の進路予想に釘付けになってしまう今年の台風
日本ではストや合併プロ野球アメリカ本土でイチロー・ゴジラが
イチローの活躍連日新聞の一面に載るアメリカ野球

十月
これまでに今年は八つの台風が上陸をして被害甚大

大リーグ最多安打の新記録日本人のイチローが成す

政治屋と凶悪犯の暗い記事追いやってイチロー大リーグ新記録

イチローの大リーグ記録２５７最多安打は偉大な記録

また台風日本列島縦断し風雨の被害テレビに流れる

台風の被害烈しきあの街に旅した頃の面影はなし

台風の爪痕残る列島に今度は地震の惨禍が襲う

一夜明けテレビに映る震災のあまりのひどさによみがえる神戸

くることがわかっていたら逃げるけど逃げられないとよけいに怖い

テレビから新潟中越地震被災地の小さな村の声が聴こえる

十二月

一年もあと二月となって今日やり残した事拾い出してる

あの地震から一ヶ月霜の朝に冬を迎える新潟思う

十二月

十二分の十一が過ぎ今月が二〇〇四年の最後のひと月

伊勢参り東の旅の落語より村人集いし講旅もよし

冬の海奈良に生まれてこの風景憧憬に似て子供のように

帰り道車を止めて見上げればすっかり冬の星座になって

「ハウル」観て「ラピュタ」の素晴らしさを今感じるほどに「ハウル」は駄作

ＮＨＫ大河ドラマの最終回「新選組！」は新鮮だった

クリスマスイブという夜特別の夜かのように世間は動く

今日も夜オリオンの星を空に見て冬の星座の近くを感じる

残された今年の一日一日を過ごした日々の何倍も生く

あと一日仕事納は来るけれど納められない仕事ばっかり

激動の一年終わる仕事納来年はもっと厳しくなりそう

初雪の朝に目覚めて年末の休暇嬉しい道路の積雪

一年の泥を流して新しい年に期待し車を洗う

反省の多き一年振り返り去年と比べ少しましかも

二〇〇五年

一月

新しい年の始まり外は雪この白いカンバスに何を描こうか

ＮＨＫ「新シルクロード」始まりて二十五年前と比べる楽しみ

正月のドラマといえばこれしかない筋書きのない箱根駅伝

新疆の旅を想いてＮＨＫ「新シルクロード」の本を見ている

今もなお行方のわからぬ人多しインド洋津波被害の大きさ
おすすめは「たそがれ清兵衛」「壬生義士伝」何回観ても涙溢れる
一週間経って今年も昨年と変わらぬ自分で居ること悔しき
「壬生義士伝」今夜は「鉄道員《ぽっぽや》」浅田次郎原作映画は僕を泣かせる
バカ者が今年も乱れた成人式いつからこんな国になったのか

震災の傷癒えぬのに容赦なく豪雪の降る仮設住宅

本当の愛とは何か永遠の愛とは何か「A.I.」を観る

さだまさし岡村孝子共演をNHKの番組で観る

我国は何が大事かわからない中越地震より津波援助

大学入試センター試験受験生どの顔も皆自信と不安

インド洋津波の援助否定せぬしかし国内復旧してから

忘れてはいけない阪神大震災《（阪神・淡路大震災）》今生きていることの仕合せ

十年前崩れた街の内《なか》にいて我身の仕合せ感じたあの日

この国の一番大事な事は何郵政民営化ではないだろう

親子四人一緒にテレビの前に居て「ごくせん」観ている感想バラバラ

あの津波から一ヶ月経つのに見つからぬ人ありとニュースから

月末を迎え今年も昨年と変わらぬ一月過した反省

週末の小さな楽しみ二日酔いしてもいいかと酒呑める夜

突然の訃報に接し驚きと哀しさの中アルバムを見る

ふと思い出すのは小学生の頃大事な物を何処へ埋めたか

一月が去《い》って明日《あした》はもう二月時間を大事にせねばと思う

二月

震災の傷癒えぬのに雪下ろし仮設住宅春はいつ来る

四年半ぶりに故郷三宅島当事者以外は忘れた時間

もう一度走ってみたいマラソンを四二・一九五キロを

忘れてはいけない自分がマラソンを完走したことあの感動を

昨年の今日の日記を読み返しました今年も同じ事を書くのか
子と会話するために聴くつもりでもオレンジレンジなかなかいいよ
ニュースには死んだ殺した自殺したそんな事しかないのか内容
中学の娘のせいではまってるポルノグラフィティ　オレンジレンジ
子の声援うけて高岡初優勝東京国際マラソン観戦

第一回ワールドカップ女子ゴルフ宮里北田ペアが優勝

どうも万引きと殺人同レベル十七歳の頭の中では

新聞に明るいニュースが載ることもなく今日もまた少年事件

懐かしき人と語りて呑む酒は酔いを忘れて時間を忘れて

二十年前の写真を懐かしく見る二十年老いた自分が

『ジパング』と『蒼天航路』と『20世紀少年』を息子に借りる

H2Aロケット打ち上げ成功のニュースに子供の様に喜ぶ

来年は子供二人が受験生一年後の今日どんな心境

十九年走り続けた大会の案内も来ぬ宇治川マラソン

三月

二月堂修二会始まる三月になってしまったもう年度末

ふるさとがあとひとつきで都祁村《つげ》がなくなるなんて実感がない

この冬もカニを食することはなく仕事の量より自分を恨む

我教祖中島みゆきのコンサートすべてを忘れみゆきの世界

無意識に口ずさんでるみゆき歌消えそうにない昨夜の余韻

篠山のマラソン走った吾が今琵琶湖マラソンテレビで観戦

もうスタッドレスタイヤを外そうかでもまだお水取りの最中
快晴の一日を過ぎもう春がそこまで来てると思う一日
約束を守らぬ奴等当然のように仕事を押し付け花金
お水取り去るまで春は来ないのか吹雪の三月今日十二日
またひとり上方落語の名人が静かに逝った桂小文枝
（僕の中では文枝ではなく小文枝師匠です）

今日は高校入学試験日で来年娘の入試を思う

水取りが済むまで奈良に春は来ぬ三月半ばに大雪の降る

三月も半分が過ぎ年度内こなせぬ仕事ストレス溜まる

暖かい雨の降る朝春はどこまで来ているの三寒四温

福岡沖玄海地震速報をまさかと思う空白地帯

十年を過ぎて事件は迷走のままにオウムはアレフとしてあり

福岡沖地震の状況伝わりて島民の去る島を海から

来年度四月人事の内示ありやり残したものありて悔しき

万博は大阪万博人類の進歩と調和EXPO'70《エキスポ70》

三十五年前ほど興味なし愛知万博愛・地球博

今日都祁村閉村式が行われ役場に勤めた父が列席

都祁村民最後の日曜来週は奈良市民として最初の日曜

玄海島避難住民船上で帰れる我家崩れるを見る

送る人送られる人年度末定年で去る人うらやまし

また地震スマトラ沖で昨年の余震かM《マグニチュード》8・7

吾にとり懐かしき歌娘には新鮮な歌さすが名曲

今日で都祁村は閉村明日からは奈良市となりて吾もスタート

五年間座った机を片付ける日に都祁村は歴史を閉じる

四月

住む家も周りの風景もそのままに今日から奈良市の住民となる

奈良市民となりしその日に人事異動仕事も暮らしも新たにスタート

トラクターエンジンの音響く朝気にはなるけど休日出勤

今朝ローマ法王パウロ二世死すその事の意味吾にわからず

新しい仕事に馴染むことよりも正体不明の人間観察

感覚の違う奴等に将来を託すことなどできず悔しい

今吾に何が出来るか吾に問う答えは自分のスタイル変えるな

ノー残業デーに残業しなければ休日出勤するだけのこと

野村芳太郎監督死去というニュースをホテルの新聞で読む

名作と呼ばれる映画は監督が死んでも残る「砂の器」が

病床で闘う人のために吾祈ることしか出来ない悔しさ

風に舞う桜吹雪の散歩道花びら連れて職場に帰る

この雨で桜は散るかガンバルか次の週末快晴の予報

「幸福の黄色いハンカチ」ラストシーンまるでチャップリン映画のようだ

奈良市民となった実感いまだなく去年と同じ暮らしをしている

代掻きを待つ水田でカエル啼く静かな夜によくしみわたる

大卒後社会人を経験した古田は二千本安打達成

人災で亡くなる人の無念さをどうしたらいい列車脱線
安全な電車であっても運転をする人間により凶器とかわる
公共の交通機関を信頼し利用している人を裏切る
ＪＲ列車脱線事故の死者一〇七名になる大惨事
今日の日をみどりの日から昭和の日名前を変える本当の意味

田植機に乗り水田に色を置く早苗の道を幾筋も行く

五月

三分の一が終わったこの年に吾はいったい何をするのか

ＪＲ脱線事故から一週間経ちて被災の大きさ恐怖

谷中から上野へ歩く東京という都会にも静寂があり

田植機の泥を落として来年も家族で田植をしたいと願う

こどもの日子供は自分の部屋に居り大人になったと喜ぶべきか

いい役者ばかり出ている「Shall we ダンス?」脚本演出みんな最高

ほんとうに周防正行ずるいよね草刈民代と結婚なんて

プロ野球交流試合が始まって昨年のスト思い出してる

一年に一度の休暇人間ドック元気に休める事が幸せ

十四年前になるのか信楽高原鉄道事故があってから
岐阜県で強奪された拳銃が隣の山添村で発見
市議増員選挙の投票率を見て市民になったか六〇パーセント
ミンダナオ島に旧日本軍兵士生存ニュースに揺れる日本
目の前の仕事に追われ本当にやりたい事が何も出来ない

名作をイーストウッドありがとう「ミリオンダラー・ベイビー」最高

またひとつ時代が終わった貴ノ花二子山親方死亡のニュース

好きだった小さい体の貴ノ花行司泣かせのあの粘り腰

六月

衣替え霞ヶ関はクールビズ暑けりゃ上着は脱ぐだけのこと

若貴という時代あり誰も皆浮かれ騒いだ相撲があった

もうホタル出てるだろうか帰り道車を止めてライトを消して

梅雨入りのニュースを見ながら窓を打つ激しい雨の音聞きながら

今日の日が来ると覚悟をしていたがやはり悔しい訃報に接し

何十年振りかでいとこが集まりて空を見ている叔母の通夜にて

祭壇の遺影の笑顔吾を見て何を語るか十年早い

野茂英雄日米通算二〇〇勝目指してほしいメジャー二〇〇勝

ＪＲ福知山線復旧す複雑な気持ちでニュースを見ている

七月

長嶋におんぶにだっこのプロ野球ピエロにだけはしてほしくない

ロンドンで同時多発テロ発生どうして守ればいいのか日本

独特のギャグで一世風靡した岡八郎の死亡のニュース

うれしくもないけどこの日は確実に今年もやって来た誕生日

最初観た映画にやっとつながった「スターウォーズ・エピソード3」

八月

ヒロシマの日に甲子園開会式六十年を吾の時間に

真夏日が続く毎日立秋の暦になりてスイッチョン鳴く

郵政民営化法案参議院で否決で衆議院解散

無事帰還スペースシャトル「ディスカバリー」船外活動修理を終えて

御巣鷹の墜落事故から二十年この二十年それぞれの夏

他府県の車が集まる盆帰り年に一度の顔が集いて

一年に一度見る顔年老いて吾もそれだけ老いているのか

受験生二人のペースの夏休みそれだけ成果があればいいのだが

終戦の日に何思う若者は歴史を知らず知ろうともせず

また地震宮城で震度6弱のニュースを遠く大分で知る

健康でいれば来年再来年同じ顔ぶれ集う楽しみ

また来年元気な顔を見たいから元気でいようと思う毎年

にぎやかな時間はすぐに過ぎて去《ゆ》きまた二人だけの暮らし始まる

中学校ＰＴＡの奉仕作業今年で最後と草刈りをする

台風の動きを気にしいつもより早く目覚めてテレビを点ける

いっぺんに秋になったと思う朝窓から入る風の涼しさ

九月

稲刈りがすんで今年も一年の早さを感じる乾燥機の音

「雨のニューオリンズ」という映画観たこと思い出すハリケーンニュースで

また台風発生したとのニュース見てまた逸れてくれと天気図を見る

自民党圧勝で終わる衆院選誰のシナリオ小泉劇場

亡くなったロバート・ワイズの何が好き「ウエスト・サイド物語」かな

期待した以上によかった「シンデレラマン」は実話と知って感動

ヤクルトも古田の時代になりました若松勉よくやりました

またひとり縁ある人が逝くという訃報に接し顔を浮かべる

日本新記録でベルリンマラソンを野口みずきが優勝飾る

知らぬ間に「愛・地球博」閉幕し周りに行ったと言う人もなく

十月

一年前中越地震のニュース見たその瞬間を思い出してる

千葉ロッテ日本シリーズ四連勝三十一年ぶり日本一

十一月

田植して稲刈りをしたことのある休耕田の草刈りをする

またひとり上方落語の財産が若くして逝く桂吉朝

釣り好きの友よりカサゴのクール便塩焼き煮付け酒が楽しみ

昭和三十三年は誕生年「ALWAYS《（三丁目の夕日）》」ほんわかと観る

奈良で初氷はるとのニュース見て事実確認外に飛び出す

霜が降りここ一番の寒い朝初冠雪のニュースも流れ

東京で高橋尚子快走すあの悔しさを振り払うよう

止まってた時間が再び動き出す高橋尚子北京を目指して

朝青龍完全優勝Ｖ７日本力士よこれでいいのか

十二月

また下校途中の小学一年生女児殺害のニュースにショック

初雪にあわててタイヤ入換える今年はひと月早い冬準備

二十四年前の自分を思い出す当時の仕事仲間集いて

真実《ほんとう》の原因はどこにあるのやら耐震強度偽装問題

日本人ではあの美しさは無理「SAYURI」観終わりつくづく思う

昨日居た人もう居ないグラウンドに仰木彬の訃報に驚く

積雪が二メートル超す大寒波日本列島包み込んでる

奈良市民となって最初の年末も昨年までと何も変わらず

納まらない仕事ばかりに囲まれているけど今日は御用納だ

また反省ばかりの年になりました来年こそはと思う年末

昨年の今日もこうして年賀状書いていたよな年末休暇

「愛」という文字で終わるかこの一年期待込めての「愛」という文字

二〇〇六年

一月

一年に一度の手紙年賀状一年ぶりの近況報告

中三と高三の時の正月を思い出してる我子見ながら

正月のテレビで感動くれるのは今年もやっぱり箱根駅伝

Uターンラッシュのニュース聴きながら正月気分抜けず出勤

大雪の被害が各地で拡大し死者も出てるとニュース報道

四メートル近くの積雪記録した地域の現状憂えるしかない

紅白の視聴率より問題は少子化傾向にどう対応するか

先週は元日という一日を過ごして今日もかわらぬ連休

成人を祝う祝典会場に何故警官が警備に出るのか

積雪のように重たくのしかかる過疎と少子高齢化問題

豪雪のニュースばかりの新聞に殺人事件が載り暗くなる

雨の音何日ぶりに聞くだろう冬の合間の少し暖かく

春並みの気温上昇雪国は雪崩に厳戒態勢続く

（阪神・淡路大震災）
阪神大震災から十一年忘れはしない１・17

「まっぴら君」加藤芳郎死去の記事毎日新聞夕刊で読む

復興の街の写真を見るたびにあの冬歩いた街を忘れず

ライブドア・ショックで東証売買停止世間は堀江に手のひらかえす

米国産牛肉輸入再禁止再開わずか一ヶ月間

初めてのリスニングテストで再テスト大学入試センター試験

栃東優勝日本人力士八場所ぶりに賜杯手にする

ライブドア堀江貴文逮捕されニュース号外特別番組

昨日までマスコミアイドル今日からはマスコミよろこぶ犯罪者

百万年前の氷を採取した南極観測隊の掘削

公募にて新地図記号作られる小学生が老人ホームを

京都大元アメフト部三学生集団強姦容疑で逮捕

公園でテント生活ホームレス住民登録認める判断

エースなき大阪国際女子マラソンやっぱりヌデレバ貫禄優勝

尼崎宝塚間所要時間二分緩和のダイヤ改正

一月も今日で終わりとカレンダー捲って今年もあと十一ヶ月

二月

プロ野球十二球団キャンプイン古田ヤクルト兼任監督

子と共に豆まきをした節分が遥か遠くに感じる今日の日

男系と女系の意味をやっと知る遠い世界の民族のこと

ロッキード事件が起きて三十年あの頃僕は何をしてたか

高校の入学試験に向かう娘に頑張れよとしか言えない父親

秋篠宮家の紀子さまご懐妊どうなる皇室典範議論

作曲家伊福部昭さん死去のニュースに接しゴジラも眠る

ファンでもヒーローでもなかったが藤田元司の死去は寂しい

トリノ五輪始まり冬季オリンピック　サッポロの時を懐かしむ今日

愛子五位、高岡二位の日曜日　モーグル、マラソン　テレビ観戦

ライブドア事件はどこまで行くのやらまだホリエモンダンマリエモン
トリノからメダルのニュースが届かないやはり厳しい世界の壁は
東大寺今日から入る試別火二月堂には竹が並びて
関西に三つも空港必要か利用はしない神戸空港
幼稚園送迎当番母親が園児を殺害どうすればいい

雛人形飾る日を待つ頃は過ぎ箱から出せば夢中で並べる

レイテ島地滑り泥に村のまれ今年も自然の怒りあるのか

毎日の仕事に追われ本を読む時間は睡眠削るしかない

三月を待つ今日の日に暖かく風はやさしく吹く二月堂

女子フィギュアこれしかないか初メダル荒川静香はたしてはたして

北斗七星が大きく見える夜三寒四温の如月の夜

やってくれましたやっぱり女子フィギュア荒川静香 金《ゴールド》 メダル

日本では少子化なのに世界人口六十五億人突破

トリノ五輪終わってみれば金一個期待外れの冬季大会

常連と呑む楽しさはお互いが常連と意識せず呑めるから

三月

卒業の日に雨が降る高校の三年間を流すかのよう

松明が並び夜待つ二月堂三脚並びカメラマン待つ

野球部員卒業式夜に飲酒補導センバツ出場辞退の波紋

入学の息子のスーツ買う時に今若者の流行《はやり》をチェック

まだ雪の残りたる道散歩して柳の芽を見て春を感じる

この雨が雪へとかわるかもしれずまだお水取り終わらない奈良

暖かく上着を脱いで散歩する冬から春へ三寒四温

政治屋は何をやってる何もせず自民も民主もガセネタメール

ウィニーで情報流出危機管理できてないのがバレる警察

春はいつ来るのか天気図を見ても週間予報はまだ雪ダルマ

一冊の本読む時間もない日々をボヤキながらも呑む時間あり

名古屋国際女子マラソン優勝は三十七歳弘山晴美

お水取り十三日に雪が降り行が終われば春が来るはず

雪の降る公立高校入試日に娘を送るそれしかできない

センバツの組み合わせ決まる抽選会奈良県代表出ない寂しさ

中学の三年間を卒業し娘は高校合否を待つ身

高校の入試合格発表日「合格したよ」のメールが届く

家を出て一人暮らしをする息子一部屋の棲家うらやましくて

高校を卒《で》て一人暮らし三十年前の自分の時を懐かしむ

昨年の彼岸参りに来た叔母が今年はいない一年の早さ

王ジャパンＷＢＣ決勝でキューバを降し初代チャンピオン
朝刊の一面に舞う王監督胴上げ写真で美味しい朝食
少し春らしくなったか暖かく昼の散歩は上着を脱いで
全国で最南端の八重山商工高センバツ大会初戦を突破
ＷＢＣ優勝チームのメンバーが敵味方になりパ・リーグ開幕

結局は朝青龍の優勝で大阪場所も千秋楽か
我意見押し通すこと必要と発言するも真意届かず
三月の終わりの嵐咲きかけの桜を一週間遅らせる
新大関白鵬誕生日本人力士どうする奮起期待す
プロ野球セ・リーグ開幕ヤクルトを今年も応援古田監督

偽メール問題今頃民主党執行部総退陣のお粗末

本当にバカな上司といることは時間の無駄と精神の苦痛

四月

エイプリルフールという日を忘れてる息子の大学入学式の日

気が付けばもう新年度しかしまだ何も変わらず山積み仕事

奈良市民となって一年よかったと感じる事は何ひとつなく

この雨で桜も散ってしまうかも夜部屋に居て雨音を聴く

三十年前の自分を思い出すスーツ着慣れぬ新人を見て

小泉首相在職日数戦後三位その事実だけあと何もなく

民主党代表選挙菅直人小沢一郎小沢の勝利

世間では花見盛りの今日の日に黄砂に吹かれトラクターに乗る

連続試合全イニング出場九〇四金本世界新

一日でひと月分の雨が降る春の嵐で桜も散り舞う

高校の入学式の朝に撮る娘の顔は大人になりて

明日香村高松塚古墳壁画傷付け文化庁四年間隠蔽

高松塚古墳壁画のカビ傷東文研と文化庁のせい

懐かしい河島英五のビデオ観る五年前の今日四十八で逝く

こんなにも明るく晴れた朝なのに春まだ遠い肌寒い朝

東京に六年ぶりの黄砂とか中国大陸何かが起きてる

一日が二十九時間あればいい自分のための五時間欲しい

ＪＲ福知山線脱線の事故から一年哀しみ続く

五年前こんな日本になるなんて誰も思わず小泉首相
忘れてた堀江貴文その名前東京拘置所保釈のニュース

「愛国心」素直に言える社会なら愛国心で悩むことなし
「みどりの日」そう呼ぶ人も多くなり昭和の時代も思い出となり
水俣病確認されて五十年まだ終らない苦しみを知る

五月

田植終え苗の植わった水田を黙って見ている昨日の仕事

明日からのＧ　Ｗ《ゴールデンウイーク》何をして過すか田舎は田植と決まり

田植機に乗り苗植わる面積の広がっていく時間楽しく

ガソリンの値上げ厳しい現実を行楽よりも通勤で知る

子供連れドライブ行楽遊園地そんな時代は遥か昔に

連休も何事もなく過ぎてゆき来週からの仕事気になる

明日からはまた平常の生活に戻り一人の夕食の日々

これからはプロで魅せますイナバウアー荒川静香アマチュア引退

明日は雨国道の音がよく響く田んぼのカエルの啼声大きく

「夜会」というコンサートでもない初めての舞台で感激中島みゆき

安倍福田ポスト小泉誰になる何か変わるか変えられるのか

ヤンキース松井左手骨折のニュースに連続出場ストップを知る

男子陸上百メートルで世界新ジャスティン・ガトリン九秒七六

シナリオがあるとわかっていても観てしまう笑点四十周年

サッカーのワールドカップドイツ大会日本代表決まるも知らず

一年の速さ感じる空腹と共に人間ドックの朝に

ガトリンの世界記録は幻に計時のミスあり九秒七七

また小学一年生が殺されるいつからこんな国になったたか

もう一度観たい映画は「泥の河」田村高廣訃報に接し

新大関白鵬優勝大相撲モンゴル場所が当分続く

ジャワ島でM6・2《マグニチュード》地震発生震源浅く被害広がる

ボンズ七一五号ルース抜き単独二位も王には敵わぬ

阪急と阪神経営統合で何がどうなる日常生活

「黒い雨」「楢山節考」残し逝く今村昌平七十九歳

「黒い雨」「復讐するは我にあり」「楢山節考」今村昌平

六月

衣替えクールビズとはバカらしい暑けりゃ自分で上着を脱ぐよ

缶ビール美味しい時節と空を見て星を肴にすぐ空にする

ついに村上代表も事情聴取逮捕されてもいいいんじゃないの

普賢岳火砕流から十五年忘れもしないあの映像は

要精検人間ドックの結果見て不安覚える年齢になり

郵便はがき

料金受取人払郵便

新宿局承認

2525

差出有効期間
2025年3月
31日まで
（切手不要）

160-8791

141

東京都新宿区新宿1－10－1

(株)文芸社

愛読者カード係 行

ふりがな お名前		明治　大正 昭和　平成　　年生　歳	
ふりがな ご住所	□□□-□□□□	性別 男・女	
お電話 番　号	（書籍ご注文の際に必要です）	ご職業	
E-mail			

ご購読雑誌（複数可）	ご購読新聞 新聞

最近読んでおもしろかった本や今後、とりあげてほしいテーマをお教えください。

ご自分の研究成果や経験、お考え等を出版してみたいというお気持ちはありますか。

ある　　ない　　内容・テーマ（　　　　　　　　）

現在完成した作品をお持ちですか。

ある　　ない　　ジャンル・原稿量（　　　　　　　　）

書　名			
お買上 書　店	都道 府県　　　市区 郡	書店名	書店
		ご購入日	年　　月　　日

本書をどこでお知りになりましたか?

1.書店店頭　2.知人にすすめられて　3.インターネット(サイト名　　　　　)

4.DMハガキ　5.広告、記事を見て(新聞、雑誌名　　　　　)

上の質問に関連して、ご購入の決め手となったのは?

1.タイトル　2.著者　3.内容　4.カバーデザイン　5.帯

その他ご自由にお書きください。

(　　　　　　　　　　　　　　　　　　　　)

本書についてのご意見、ご感想をお聞かせください。

①内容について

②カバー、タイトル、帯について

弊社Webサイトからもご意見、ご感想をお寄せいただけます。

ご協力ありがとうございました。

※お寄せいただいたご意見、ご感想は新聞広告等で匿名にて使わせていただくことがあります。

※お客様の個人情報は、小社からの連絡のみに使用します。社外に提供することは一切ありません。

■書籍のご注文は、お近くの書店または、ブックサービス(0120-29-9625)、セブンネットショッピング(http://7net.omni7.jp/)にお申し込み下さい。

初めての胸部ＣＴ検査受け結果が届く日までの不安
ＣＴ検査の結果異常なしひと安心して受話器を下ろす

もう蛍出てるかしらと車止めしばらく田んぼの夜景を楽しむ

本当にワールドカップサッカーが今一番のニュースだろうか
世間ではワールドカップサッカーの日本初戦のニュースしかない

日本の敗戦知らずうとうととそれほど夢中になれないサッカー

梅雨アジサイうっとうしいけど蛍舞う我ふるさとの六月の夜

また会えるそんな気がする一周忌叔母の笑顔は忘れられない

幻想という言葉さえ幻想に蛍の乱舞ただ見てるだけ

台所さりげなく咲く山百合の香りが味付け夕食美味し

太宰にはもう会えないと想いつつ書棚の文庫の背表紙に触れ

やっと今イラクサマワ駐留の陸上自衛隊に撤退命令

梅雨明けのニュースを聴くと夏が来る心は湿った梅雨空のまま

また理解に苦しむ事件高一の長男自宅に放火逃亡

サムライブルーワールドカップ予選落ち決勝リーグに進出できず

七月

中田英寿引退のニュースがそんな重大なニュースなのかな

何の益あるのかミサイル発射する北朝鮮という亡国は

テポドンはスペースシャトルディスカバリー打上げに合わせ発射したのか

王監督胃がんで入院パ・リーグの優勝争いよりも心配

久し振り訪ねた店の看板が無くなっていた上京の夜

安保理で北朝鮮非難決議採択されるも完全拒否
イラクから陸上自衛隊撤退何だったのかこの二年半
またジャワ島沖地震で津波被害活かされてないこれまでのこと
我娘橋から落とす母親の真実はまだ隠されたまま
土石流相次ぐ豪雨被害地の映像を見て心が痛む

昭和天皇発言のメモ公表揺れる靖国参拝問題

サッカーの日本代表新監督また外国人イビチャ・オシム氏

梅雨明けはまだかテレビで大雨の被害ニュースが連日流れる

九州と四国の梅雨明け発表で真夏日となる関西地方

米牛肉輸入再開決定のニュースに賛否の日本国民

あと二勝すれば行けるぞ甲子園地方大会高校球児

高松塚古墳壁画を発見の網干善教さんが亡くなる

話題にもならず一日終りゆく我誕生日一人酒呑む

管理ミス流水プールで小二女児排水口に吸い込まれ死亡

八月

またひとり好きな作家が世を去りて書棚から出す吉村昭

王監督退院会見中継を素直に喜ぶ野球少年

後味の悪い勝利でチャンピオン亀田興毅に世間は踊る

ガソリンが一四〇円になっているこれからどうする通勤手当

ヒグラシが鳴く夕方の空を見て夕立ほしいと思う真夏日

ヒロシマの日に高校野球開会式熱い夏の日伝えよ次世代

日航機墜落事故から二十一年風化させてはいけない事件

盆帰り一年振りに会う人の顔顔顔が皆懐かしい

送電線切れば東京大停電テロかと思った首都の脆さ

八・一五小泉首相靖国へ予定通りに参拝する人

日本漁船北方領土近海で銃撃されてロシア船に拿捕

甲子園決勝引分け再試合三十七年ぶりの興奮
勝敗は必ず決まるでもしかし二日の熱闘両校勝者だ

冥王星降格人事惑星でなくなり今日から矮惑星
太陽系惑星九個が八個へと見えないけれど夜空眺める

子供等に夢を与えて四十五年ドリームランド閉園の夏

九月

秋篠宮家に男児誕生しどうなる皇室典範改正

五年前米国同時多発テロあの映像は忘れられない

小泉に代わって自民党新総裁安倍晋三ははたしていかに

トキのいる佐渡を眺めて新潟の街より思う曽我ひとみさん

「あぶさん」で知った万代橋を見て思い出してるあのラブシーン

日本海二号の窓から眺めてる流れる夜景を酒呑みながら

小泉も安倍も結局同じこと変わりはしない政治屋連中

十月

北朝鮮核実験を強行し何が欲しいか孤立以外に

『ぼくの動物園日記』カバ園長西山登志雄さん死去に泣く

安保理で全会一致で北朝鮮制裁を決議これからどうなる

十一月

漬物の重しを載せてくれと言う母も老いたし吾も五十前

十二月

ニューボンド予想以上にはまってる「００７／カジノ・ロワイヤル」

マンガから現実になる００７恋もしてるし弱さもあるし

もう一度歩いてみたいへんろ道何か見つかる気がしてる今日《いま》

期待して観てハズレなしでも少し物足りなかった「武士の一分」

（「たそがれ清兵衛」）
一作目よかっただけにこの出来じゃ満足できない「武士の一分」

「硫黄島からの手紙」が今届くイーストウッドが届けてくれた

現実はそうだったのかもしれませんアメリカ人が教えてくれた

待っている人がいるから頑張れる駅伝ランナー襷を握る

薄っすらと雪化粧してこの冬の本当の訪れ窓から見る朝

手が届きそうなオリオン白き息吐きながら見る年末の夜

元イラクサダム・フセイン大統領死刑執行ニュースが走る

この年の終りを誰が評価するされる身になれこの現実を

二〇〇七年

一月

二十秒足りないタスキがとどかない箱根駅伝繰上げスタート

いつからか仕事始めも平日と同じ一日になってしまった

あけましておめでとうとの会話から仕事始める難題の前

この雨が雪にかわると期待した小学生の頃が懐かし

高校を卒業してから三十年五十歳を前に青春時代

懐かしい友と一夜を思い出し今夜は独りで酒を呑んでる

防衛庁防衛省に昇格し今後の任務の行方心配

オリオンが近く大きな一月の夜空を寒さ忘れて見上げる

郵便で届く手紙の新鮮さメールにはない直筆の文字

新年も十日を過ぎて読み返す賀状を一枚一枚ごとに

休日をのんびり過す朝寝坊つもりが訃報電話に起こされ

隣組手伝いに行く通夜の日に懐かしき顔老いて微笑む

ペコちゃんの笑顔が消えるペコちゃんがペコペコ謝る不二家の窮地

幼き日共に遊びし友達が五十を前に老いを語る日

十二年生きた自分に問いかける忘れもしない震災のこと
同じ事何度も何度も繰り返す学習能力ないのか学者
吾のこと否定する奴それもよし一人で否定し続けるがいい
理解せぬ奴等は何をどうしても自分の尺度で世間を測る
そのまんま東宮崎県知事に当選それでいいのかいいのだ

屁理屈を捏ねて事実を認めない人間一人が組織を止める

捏造も偽造も「あるある大事典」視聴者騙して番組打切り

給食費払わぬ親のある事を給食食べてる子はどう思う

同窓会語り足りない想い出を次に語れるまで元気で

二週間ぶりに帰宅の息子には一人暮らしの疲れが少し

暖冬で日々の暮らしはいいけれど少し気になる温暖化問題
月末になって今年も一ヶ月何もしてない反省の日々
子供産む機械があればいいのにと少子化対策大臣が言う
存在がマイナスとなる人間にだけはなりたくないと今日まで
今年こそやるぞと誓った事をせずもうひと月が経ってしまった

二月

観るたびに観るたびに大好きになる「マディソン郡の橋」を渡ると

立春になって本当の春の様今年の暖冬異常なほどに

たまらずにまた観てしまった「壬生義士伝」泣いてしまった四度目なのに

生きるため愛する人のために斬るそんな隊士がいた新選組に

ネコが来た日に小学生の子供らが大学高校ネコは老いていく

九年間家族で暮らしたネコが死ぬ膝で寝ていたあの温かさ

三月

匂いフェチ変態男グロテスク「パフューム」を観て悪臭の中

香水という華やかな「パフューム」本当のパリは臭かったのだ

『有夫恋』時実新子さん死去の訃報をいかに歌にするのか

四月

桜花びらと一緒に雪が降る四月に冬を実感する日

五月

日本国憲法還暦六十年その存在を知らぬ人あり

父母の金婚式に子と食事する事それがプレゼントかも

事故現場そのままにあるコースターエキスポランドをモノレールより見る

今年からできた「猛暑日」初記録五月にこれじゃ今夏どうなる

松岡とＺＡＲＤの死亡記事がありＺＡＲＤを惜しむ声ばかり聞く

良きことのなかった奈良にカンヌから河瀬直美が受賞のニュース

通勤で見慣れた田原の茶畑が世界に流れるカンヌ映画祭

六月

土俵入り奉納横綱白鵬の不知火型が長命であれ

九月

責任を放っぽり出すことこれからはアベシンゾーと言うことにする

十二月

奈良県人だから誉めたい二回観たそれでもわからん「殯《もがり》の森《もり》」は

茶畑のシーンだけでもいいじゃないただそれだけの風景写真

二〇〇八年

一月

五十歳になる年だねと同級生からの賀状で明ける新年

明日へのタスキ継げぬ順天堂大学無念の五区でリタイア

マンネリと言わせぬだけのドラマある箱根駅伝今年も涙

新年の挨拶交わす回数があと何回と言う年齢《とし》になり

孫の写真賀状で見せる同級生老いを楽しむ暮らしを見せる

成人式に着る服を乗せて息子を送る正月休み明け

朝食の七草粥を当然の様に食する日本の文化

もう一週間が終った何もせぬままに今年も流れてゆくのか

ケータイのメールで交す時代でも年賀ハガキのもつ温かさ

真剣に思ってしまうこの家族このまま何年過せるのかと

新テロ法参院否決で五十七年ぶりに衆院再可決

老いという必ず罹る病気には勝つことできないわかっているけど

病室の窓から見える山の先我家の空は雪雲の下

とんど《（どんど）》焼き集まる顔は老いた顔習字を上げる子がなく寂しい

何もなく家族そろってテレビ観るその仕合せに気付かぬ毎日

十三年前の神戸を思い出す忘れていけない震災の事

生きている生かされている人間は家族に感謝自然に感謝

病院で過した夜から一週間家に居られる事の幸せ

新聞のセンター試験問題を解いてみようと思わぬ最近

タイヤ跡ない新雪を行く朝は期待と不安と共に通勤

イチローという野球人もしかして五十歳で四割打つかも

懐かしいフォークソングを聴きながら戻ることない時代を想う

もう少しこうしていたい寒い朝布団の中から白い息吐く

センバツの出場校のニュース見て地元天理の活躍祈る

結局は朝青龍と白鵬で千秋楽を迎える初場所

マラソンは甘くはないよ福士さん怖さを知った次回に期待

大阪府これでいいのか本当に大阪府民何を求める

都祁村の住所で届く定期便あえて修正通知を出さず

中東の笛が鳴らした再試合それでも日本は韓国に勝てず

中国産ギョーザに農薬メタミドホス輸入依存の日本の現実

二月

プロ野球春季キャンプがスタートし戦力ダウンのヤクルトいかに

中国産冷凍ギョーザ中毒の事件解決できるか日本

豆を撒く庭は積雪明朝の通勤心配雪の節分

立春の朝に昨日の雪ウサギ小さくなったを見て出勤す

道路脇何故か大きな雪ダルマいったい誰が拵えたのか

サラリーマン川柳を読みなるほどと納得感心拍手喝采

暴行と躾教育稽古とは何が違うか親方に訊け

迂回路をまた迂回して無事帰宅中途半端な雪国に棲む

朝の雪昼には溶けて土の色見える田んぼに立つ雪ダルマ

バレンタインデーの手作りチョコレート娘と一緒に作る楽しさ

水取りの松明の竹並びたる二月堂には春の準備が

クエスチョンマークのような北斗七星を見上げる冬の寒い空

金田一さん事件です市川崑映画を残し九十二で逝く

昼散歩玄関前のかまくらが小さくなったと昨日と比較

「母べえ」の生きた時代は現実に父母生きたひと昔前

「母べえ」を演じる女優はいないのかそれだけ吉永小百合はすごい

走りたい気もある走りたくもない東京マラソン遠くのマラソン

硫黄島からの手紙が六十二年ぶりに遺族に届くとのニュース

イージス艦漁船と衝突真実の原因究明できるか日本

少し春らしくなったか昼散歩上着脱ぎたくなる陽射しして

毒入りのギョーザ事件は中国に解決意識はあるのだろうか

イージス艦事故で米軍海兵隊犯罪ニュースが薄まる沖縄

春一番吹いて寒さが遠のくと思いし夜に雪が舞い降る

雪国に戻り二月も最終週来週からは修二会始まる

二十七年前の事件ロス疑惑三浦和義サイパンで逮捕

また今日も呑んでしまったアルコール依存症かと思う毎日

期末試験始まり子供の部屋灯り高校時代を思い出す夜

小雪舞う空を見上げて散歩する仕事忘れて気分転換

嘘をつきまた嘘をつき嘘をつく防衛省の防衛手段

逃げる様に今年も二月は去って行く明日から修二会が始まり三月

三月

「明日への遺言」を観る手の届く昔に生きていた日本人

現在という戦争の社会では岡田資《たすく》を求めてしまう

祖父の命日に家族で墓参り抱いた曾孫も成人となり

雛人形飾ることなく過ぎてゆく三月三日娘の一日

啓蟄というのに地面は凍てついてもう少しだけ冬篭りする

黄砂来る毒入りギョーザもやって来た北京五輪の心配も来る

かまくらもとうとうとけてひとかけら田の片隅に春のおとずれ

「ちりとてちん」ブームでにわか落語ファン解説するなら会場を出よ

三月も一週間が過ぎて去《ゆ》き世間も春の風に吹かれて

やはりもう高橋尚子はダメなのか名古屋でドラマが起こらず惨敗

北京五輪マラソン代表決定最大の敵は大気汚染か

エンデバー「きぼう」を載せて土井隆雄さん二度目の宇宙に旅立つ

大輪のような炎が春告げる籠松明が夜空を照らす

「お水取り」という言葉の色が好き「修二会」にはない季節の香り

送別会送られる人送る人思いはそれぞれ振り返る日々

感動という簡単な言葉しか出ない佐藤忠雄の木彩画を観て

墓参り集いし人は皆が老い吾も若くはない年となり

年度末あと半月で新年度積残したる仕事気になる

チベットで何が起こっているのかは中国からのニュースでは不明

日銀の総裁決まらず我国はどんな国だと思われてるのか
アーサー・C・クラーク死去の記事を読み今年は二〇〇八年なんだ
球春という春が来る甲子園八十回の歴史と伝統
メタボ検診受けなくてもメタボだと断言できる人の多さよ
福田内閣半年の成績を問われて答える内容がない

定年という日が必ず来る事を身近に感じる年齢になり
明日のこと考えるより今日のこと目の前の仕事片付けるのみ
定年で去る人の背中見送りて十年先の吾を見ている

四月

ガソリンの値下げ確実本当にこれでいいのか日本の政治
ガソリンの値下げ確実揮発油税暫定税率期限が切れた

佐保川の桜眺めて昼休み散歩の時間が仕合せな季節《とき》

後期高齢者医療制度とは何なのかその精神わからず

佐保川に浮かぶ花びら追いかけて流れるように去る桜の季節《とき》

快晴の下オープンカーでドライブはトラクターでの田の粗耕《あらおこ》し

四連覇してほしかった北京五輪出られず悔しい野村忠宏

今日は花散らしの雨になるという昨日の桜は明日はもうない

平城遷都一三〇〇年祭マスコットキャラ賛否両論

後期高齢者を長寿と言い換えるその心底が卑しすぎる

善光寺北京五輪の聖火リレー出発地点辞退の決定

悔しいね聖火が泣いているような聖火リレーの中継を観る

ひと月の混乱を残しガソリンの値段が上る何だったのか

五月

毒ギョーザ事件と交換してしまいそうな気がするリンリン死んで
イチローにとってはただの通過点ノムさん超える二九〇三安打
何の日か忘れてしまっている最近憲法記念日いつもの土曜日
ミャンマーのサイクロン中国の地震これは天の怒りかもしれない

吉兆で一度食事をしたかった使い回しの鮎でいいから

アシックス　ミズノ　スピード　何でもいい裸で泳げそれが公平

もう四川地震もミャンマーサイクロンも忘れているかのような日本

オバマでもヒラリーでもいい日本の首相がしっかりしていればいい

六月

衣替えなったとたんに冷《さむ》い雨半袖の夏やはり遠いか

今、日本映画をオリジナルで撮れる者は三谷と周防だけかも
ただただに六月になる毎年の事も一年老いて朽ちゆく
五輪前水着で記録出ることにどうする日本水泳連盟
アスリート水着で記録が出ることを我実力と思っているのか
世界新記録が出たら日本水連許可せざるをえないスピード水着

秋葉原通り魔事件のニュース観て笑みを浮かべる野次馬が怖い

現在もまだあるのか時の記念日どこかときめくことのできた日

四川省地震ニュースが続く中岩手宮城で大きな地震

先週は通り魔事件今週は地震のニュースで休めぬ日曜

飛騨牛に続いてウナギまた偽装発覚するも驚き少ない

七月

入ったことないけど知ってる「くいだおれ」今日で閉店何故か淋しい

八月

何事も無い事願う北京五輪開会式を観てただ願う

もし野村忠宏が出ていたのなら四連覇していたかもしれない

華やかなオリンピックの開催に合わせて戦争起こる現実

八月も終りスイッチョン集団で我世とばかり元気よく啼く

九月

無責任という責任を果たして福田首相が辞任表明

十一月

自分より漢字の読めない人が居るそれが首相でなさけなくなる

日本の首相の名前を尋ねられアホー太郎と応えてしまう

二〇〇九年

一月

半世紀生きてこれから残された時間を無駄にしたくない新年

新聞のセンター試験問題に挑戦《チャレンジ》もせず全面降伏

一年に一度会う人年賀状米寿となるを健筆で知る

オリオンが近く大きな一月の夜空を寒さ忘れて見上げる

二月

もう残り十一枚のカレンダー今年はやけに早く日が過ぐ

今朝もまた新聞広げ失す元気暗きニュースが紙面を占める

山焼きの終った若草山を眺て春の芽吹きを感じる二月

柊と鰯の頭が門口で今年も変わらず送迎をする

さだまさし「案山子」を聴きてやっと今その歌詞の意味実感をする

年齢《とし》の数豆を数えるこんな夜今年も来たこと素直に喜ぶ

二月堂ローカルニュースで竹送りお松明までもう二週間

竹並ぶ修二会間近の二月堂春待ちながら散歩楽しむ

三月

清張と太宰の生誕百年と知りて楽しき日本文壇

政治屋という商売に世襲制容認して今後悔をする

送迎も今日一日と卒業の日に振り返る短き三年

高校の制服脱いでスーツへと衣替えする今年の春は

高校を卒業してから一週間今日はスーツの採寸をする

「おくりびと」オスカー受賞のニュースの日知己が逝ったと人伝に知る

あの酒が最後の酒になったこと悔やんで知己を偲び酒呑む

ラストラン引退してもQちゃんは三時間切りマラソン走る

高校の卒業祝祖父母から温かき文字現金書留

水取りも終りスタッドレスタイヤ交換せねばと思う日曜

うぐいすの初音がきこえ足をとめあたり見渡す昼散歩道

二月堂回廊からの眺望もドリームランドの雪山煙る

ＷＢＣ出場選手達高校球児の顔になってる

甲子園球児のようなはしゃぎようＷＢＣ連覇の瞬間

その瞬間侍ジャパンは己らの原点に戻る少年野球

四月

去る人の背中を送りやがて来る吾に訪うその日を思う

定年という日の事が現実に思えてしまう今年の春は

サクラからツツジに模様替えをする山に気付いて通勤の朝

気がつけばカエルの声のかしましく聞こえてもうすぐ田植の準備

トラクターエンジン音の響く朝吾も負けじとエンジンかける

トラクターのまわりに飛び交うツバクロの顔を見ながら代掻きをする

五月

田植機の上から小波《さざな》む水面見て一瞬時間が止まる気がする

たいこうちたがめみずかまきりげんごろう滅亡実感田植えしながら

生きている手塚治虫は活きている現在も新鮮老いることなく

手塚治虫が生きてれば新作に出会えたはずと父を見て思う

見えぬ敵攻め寄せて来る身を守るために念入りに手洗いをする

罹患せぬ術持たぬ吾時間かけ手洗いをしてうがいするのみ

六月

残された時間と未読の本の数比較している書棚ながめて

もう一度読みたい本の背表紙を見ながら新刊案内を見る

ネギの葉にホタルを入れてうす明り点滅を見た昔なつかしく

竹箒ホタルの群れを一掃きし季節外れのクリスマスツリー

「桜桃忌」今年は何を読もうかと背表紙ながめる生誕百年

六月になると太宰を読んでいる一年一度今年も新鮮

雨傘と日傘を交互に持ち替えて梅雨明けを待つ気象情報

百年前太宰が生まれた「斜陽館」旅した夏を思い出す今日

市民県民国民のどれがわたしの立位置か考えてみる

だましだまされ生きている日々ふりかえりカタツムリ見る

七月

「日吉館」解体作業をいろいろな思いで見ている通勤途上

洗車雨なんて言ってる余裕なく水門開ける七夕前夜

道路地図ひろげて訪ねる街を見る旅を旅する前に楽しむ

甲子園目指し始まる県大会高校球児の夏が始まる

蜩をカナカナと呼ぶふるさとを大事にしたいと思う夕暮れ

六時半ラジオ体操放送が流れて気付くもう夏休み

二十六年後の皆既日食の日の天候を気にする百歳

ロウソクでガラスに煤を付けて観た日食観察否定する現在

八月

大相撲日本人場所の開催まで邦人力士の優勝はない

夏休み読書感想文書くために読んだ本のことまだ覚えてる

盆帰り一年に一度会う人の顔それぞれに一年の老

盆に帰り一年ぶりのふるさとは一枚一枚増える放置田

盆過ぎてスイッチョン啼く夜の風昼の暑さを連れ去るように

オニヤンマ飛び交う露天風呂にいて世事を忘れて自然と同化す

甲子園球児の夏が終る夜コオロギの声静かに拡がる

自然災害の怖さをまざまざと見せつけられた夏終わりゆく

九月

アメリカと北朝鮮のことよりも人間国宝桂米朝

台風の進路気になる稲刈りをひかえて気象情報をみる

陽水の「少年時代」を無意識に口遊びおり九月の朝を

コオロギの啼き声止まる瞬間を楽しむために寝返りをうつ

新政権期待と不安を乗せて今日船出をするを冷静に見る

三十年近く経てども感動は失せることなし「E.T.」を観る

雨音に負けじとコオロギ鳴いている明日から十月カレンダーめくる

十月

来年の手帳が書店に並び出し三月残して急き立てられる

日めくりを一枚一枚やぶりすて退院の日待ち続けてる

一週間前には同じテーブルで呑んでた人が病院の内

中秋の名月という満月がすぐそこにある背伸びしてみる

虫の音を消す雨音は「明日の運動会は中止」と聞こえる

仄甘き香り辺りに漂いて金木犀の咲く場所探す

遠足の園児児童が列《つら》なりて歩くを二月堂から眺める

現実を現実として受けとめることしかできない無力な吾は

人知では抗えないけれどその中で最善を尽くすことが大事だ

十一月

丹精し育てし菊の花咲くを見ることもなく父は逝きたり

あれも尋《き》こうこれも尋こうと思いつつ何も尋けずに父と別れる

父が逝き一週間経ち空を見る雲の動きが横顔に似て

食卓の欠けたる席の存在を意識して呑む無言の酒を

重ね着をして外に出る風はもう冬の気配がして強く吹く

十二月

あとひと月まだひと月とこの一年振り返る朝師走朔

一面に霜の降りたる朝を見て冬の来たこと実感をする

年末となりて今年を振り返る家族が一人欠けて寂しき

日めくりの残り少なし逝きし父の代わりに吾のめくる悔しさ

手の届きそうなところにあるオリオン目印にして流星探す

予報みて深夜にスタッドレスタイヤ交換をする白き息吐き

何もせぬままに過ぎ去《ゆ》く大晦日この一年を振り返るのみ

二〇一〇年

一月

ドラマより感動がある夢がある今年も観ている箱根駅伝

去年より一人少ない新年を迎えて時間の大切さを知る

凍結の虞ありとの表示でる春待ち遠しい通勤道路

遥か海の向こうの震災のニュース見てよみがえる一月十七日

与党とか野党というより政治屋は徒党を組んで迷走続く

明るくて楽しいニュースはないものか明日こそはと新聞を読む

二月

時刻表地図を頼りの旅が好きケータイ・ネットの時代なれども

小さくも雪に負けず凛と咲く節分草に元気をもらって

北斗七星がちょうど今クエスチョンマークとなりて日本を見ている

クエスチョンマークに見える北斗七星を見上げてお前もかと問う

三月

想い出のひとつひとつを段ボール箱に詰め込み荷作りをする

四年前の自分を思い出し荷物トラックに積む引越しの朝

早く息子の就職の知らせ届かぬか今日か明日かと毎日が過ぐ

お水取り終わりて奈良にも春が来る風も暖か雨も暖か

映画館閉館となりアカデミー賞受賞作品観られない

一合の酒を美味しく呑むために三合の酒呑むこともあり

健康のためと禁酒するよりも美味しく呑めることが健康

見えぬ先見ることよりも見えぬまま信じて生きたい見える時まで

四月

雨の降る四月に地球温暖化問題議論するには寒い

桜花吹雪のように舞うを見て冬かと思う四月の午後に

田に水が入りカエルの啼声をＢＧＭとする夜になる

五月

毎日が変化なく過ぎ毎日が確実に過ぐまた明日が来る

昼休み大阪万博知らぬ世代と上海万博中継を観る

ＣＭの子ども店長活躍を子ども総理と比較している

一枚の写真が静かに物語る忘れた時代を思い出させて
あの日あの時の自分と再会す古き白黒写真を見つけて

六月

昨日より少しよければそれでいいやり直せない今日という日は
一日が貴重と思うようになる残りの時間を数えるにつけ
名作と呼ばれる映画は何度でも観せられてしまう故に名作

許される事のできない忘れ去る事のできない秋葉原の事

車停め路肩にハザードランプにてホタルとしばし点滅交す

七年をかけて六十億キロの奇跡の旅終え「はやぶさ」帰還

デジタルの時代になっても幽玄と言わせてしまうホタルの乱舞

朝露の光る畦道歩くたび羽化したトンボが弱き飛翔す

朝露に光る田んぼを一面に羽化したトンボ舞い翔び上がる

この間刈ったばかりなのにもう伸びた草踏み畦道歩く

七月

あと何回出来るだろうと思いつつ運転免許更新をする

参院選ワールドカップサッカーと同じ熱気で迎えてほしい

八月

「悪魔くん」リアルタイムで観た吾は感慨一入「ゲゲゲの女房」

初盆の提燈並ぶ縁側に座りて昨年の夏想う夕

真夏日や猛暑日という一日を終えてスイッチョンの鳴くを聴く夜

迎え火と送り火をして盆休み終りて日々の暮らしに戻る

十二月

この雨が雪へとかわるまるで山下達郎の歌のような夜

雪の舞うお渡り式を観たこともあったねと言う見知らぬ人と

二〇一一年

一月

数々の正月特番ドラマより真のドラマだ箱根駅伝

長靴の小さき跡に囲まれし雪ダルマ見て心やすらぐ

書初めを燃え昇らしてとんど《（どんど）》焼き小さき願い大きな願い

二月

大寒の夜の満月冴えに冴え月の灯りに寒さ一入

メヒラギ《（ヒイラギ）》とイワシの頭が玄関で吾を迎えることの嬉しき

豆まきをすることもなく子供等は自分の世界に棲むようになり

氷点下一度が少し暖かく感じてしまう今年の冬は

岩手より友訪れて奈良の雪見ても気付かぬほどの積雪

今朝もまた佳きニュース無き新聞を読みて気重く仕事に向かう

存在を否定するほど存在を肯定している悔しいけれど

三月

青春という時代ありき下宿屋の皆でつついたおでん懐かし

棲みなれた部屋を出る日は小雨降り四年の時間を静かに流す

四月

佐保川の水面一面桜花散り流るるを観るのも花見

六月

野アザミを一本残し草を刈る田んぼの畦に絵を描くように

単調な草刈作業の息抜きに野アザミの花一本残す

星空に溶け込むように蛍舞う煌きなのか点滅なのか

去年とは水の甘さが変わったか違う川辺に蛍群れ飛ぶ

七月

まるでドラえもんのポケット亡き父の道具箱から何でも出てくる

梅雨明けの空に入道雲が涌き真夏の風吹く午後三時

現在《いま》だから純と蛍の物語最初から観る「北の国から」
夏休みラジオ体操始まりて何人の子等が集うのだろうか
流れ来るラジオ体操メロディを聴き想いだす過ぎた夏の日

八月

まだ父の名前で届く荷物あり嬉しいような寂しいような

あとがき

残された時間を意識するようになった。六十五歳という年齢になった現在、間違いなく残された時間は短い。

残された時間。それは限られた時間であり、振り返る時間なのかもしれない。

定年退職後、自分を振り返る、自分に振り返る旅を始めた。振り返る方法はいろいろとある。自分史を書くこともそのひとつだが、その時、その瞬間の自分になって書くことはできない。どうしても現在の自分がどこかに存在してしまうからだ。過去の自分を現在の自分が書くという方法をとらず、これまで書き溜めてきた詩歌、雑文を拾い集める旅をすることにした。

いつの頃からか、短歌を詠むという感覚ではなく、日記としてその日の出来事を三十一文字で記録するようになった（ほんとうにダイアリーに書いている）。そんな時期が何年か続いた。短歌として詠んだものもあるが、日記のような、単にその日の出来事をメモしたようなものもある。これらを残しておきたいと思うようになり、歌集として纏めることにした。

ダイアリーに書いたのは二〇一一年までで、それ以降は、意識して短歌を詠むことにしたのかノートに書き添削を重ねている。これらはいつか機会があれば本当の歌集として纏めてみたいと思っている。

この歌集と、一九九〇年から一九九五年に四国遍路を詠んだ「歌集へんろ道にて」(『へんろ道にて』二〇二一年収録)、二〇〇〇年に詠んだ『歌集二〇〇〇年』(二〇〇五年)、二〇〇一年に詠んだ『歌集二〇〇一年』(二〇二三年)とで、二〇一一年までの短歌(短歌のようなものも含め)による自分を振り返る、自分に振り返る旅の記録ができた。

この歌集の歌は、一九八七年から二〇一一年八月まで(二〇〇〇年と二〇〇一年を除く。前述の歌集)に詠んだもので、数年ぶりに読み返し、世相、世情、様々な事件・出来事、自分を取り巻く環境の変化や精神状態など、その当時のことを懐かしく思い出した。毎年同じ頃に同じような歌を詠んでいるが微妙に表現が異なっていることも面白く感じた。また、表現として気になるところも多々あるが、その時の自分を残しておきたく、現在の自分を介入させないよう、手を加えることなく当時のままとした。
この歌集を纏めるにあたり、二〇一二年以降に詠んだ歌に同じものがないか振り返ってみた。やはり、毎年同じ頃に同じような歌を詠んでいるのでその中から数首添えておきたい。

ゲンゴロウ・ガムシ・タガメにタイコウチ君たちどこに行ったのだろうか

桜桃忌今年も独り酒を酌む写真の太宰と同じポーズで

在りし日の田植え稲刈り思いつつ雑草を刈る放置田二枚

ヒロシマとカタカナで書くことの意味考えている八月六日

霜柱踏んで通学した道の想い出たちはアスファルトの下

良きニュース悪しきニュースもあるがまま桜は桜今年も満開

田植機の後に緑の平行線幾本も引く無事に育てと

今年も田植えを終えることができた。あと何年（何回）できるかわからないが、一年でも長く、一回でも多く続けたいと願っている。ふるさとの風景を残しておきたいから。

残された時間を、振り返る時間としてだけでなく、前を向く時間、明日を見つめる時間にしていきたいと思っている。

二〇二四年五月

中窪利周

著者プロフィール

中窪 利周（なかくぼ としちか）

1958年（昭和33年）、奈良県生まれ。奈良市在住。

既刊：詩集『そしてだれもいない海だけ……』（1979年　MY詩集出版部）
詩集『過ぎ去りし日日の埋葬』（1984年　新世紀書房）
詩集『哀に棲む』（1987年　日本図書刊行会）
詩集『旅に在りて』（1996年　近代文芸社）
歌集『歌集　2000年』（2005年　新風舎）
歌集『歌集　2001年』（2023年　文芸社）
『へんろ道にて』（2021年　文芸社）

歌集　ふりかえる時間たち

2024年10月15日　初版第１刷発行

著　者　中窪 利周
発行者　瓜谷 綱延
発行所　株式会社文芸社
〒160-0022　東京都新宿区新宿1－10－1
電話　03-5369-3060（代表）
03-5369-2299（販売）

印刷所　株式会社フクイン

ISBN978-4-286-25620-7